Nota para los padres y encargados:

Los libros de *Read-it! Readers* son para niños que se inician en el maravilloso camino de la lectura. Estos hermosos libros fomentan la adquisición de destrezas de lectura y el amor a los libros.

 El NIVEL MORADO presenta temas y objetos básicos con palabras de alta frecuencia y patrones de lenguaje sencillos.

 El NIVEL ROJO presenta temas conocidos con palabras comunes y oraciones de patrones repetitivos.

 El NIVEL AZUL presenta nuevas ideas con un vocabulario más amplio y una estructura gramatical más variada.

 El NIVEL AMARILLO presenta ideas más elevadas, un vocabulario extenso y una amplia variedad en la estructura de las oraciones.

 El NIVEL VERDE presenta ideas más complejas, un vocabulario más variado y estructuras del lenguaje más extensas.

 El NIVEL ANARANJADO presenta una amplia de ideas y conceptos con vocabulario más elevado y estructuras gramaticales complejas.

Al leerle un libro a su pequeño, hágalo con calma y pause a menudo para hablar acerca de las ilustraciones. Pídale que pase las páginas y que señale los dibujos y las palabras conocidas. No olvide volverle a leer los cuentos o las partes de los cuentos que más le gusten.

No hay una forma correcta o incorrecta de compartir un libro con los niños. Saque el tiempo para leer con su niña o niño y transmítale así el legado de la lectura.

Adria F. Klein, Ph.D.
Profesora emérita, California State University
San Bernardino, California

Editor: Christianne Jones
Page Production: Melissa Kes/Tracy Davies
Art Director: Keith Griffin
Managing Editor: Catherine Neitge
The illustrations in this book were created digitally.
Translation and page production: Spanish Educational Publishing, Ltd.
Spanish project management: Jennifer Gillis/Haw River Editorial

Picture Window Books
5115 Excelsior Boulevard
Suite 232
Minneapolis, MN 55416
877-845-8392
www.picturewindowbooks.com

Printed in the United States of America.

**Library of Congress Cataloging-in-Publication Data**
Blackaby, Susan.
[Mary's art. Spanish]
El cuadro de Mary / por Susan Blackaby ; ilustrado por Ryan Haugen ; traducción,
Carlos Ruiz.
p. cm. — (Read-it! readers)
Summary: Mary paints a balloon, a tree, and a sun before realizing that her artwork
is missing something very important.
ISBN 1-4048-1649-6 (hardcover)
[1. Painting—Fiction. 2. Artists—Fiction. 3. Spanish language materials.] I. Haugen,
Ryan, 1972- ill. II. Title. III. Series.

PZ73.B55248 2005
[E]—dc22                                                        2005024979

# El cuadro de Mary

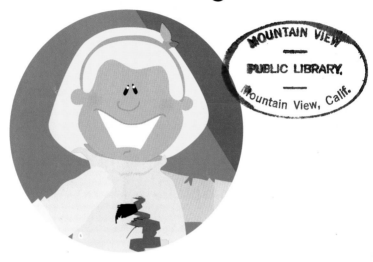

por Susan Blackaby
ilustrado por Ryan Haugen
Traducción: Carlos Ruiz

Con agradecimientos especiales a nuestras asesoras:

Adria F. Klein, Ph.D.
Profesora emérita, California State University
San Bernardino, California

Kathy Baxter, M.A.
Ex Coordinadora de Servicios Infantiles
Anoka County (Minnesota) Library

Susan Kesselring, M.A.
Alfabetizadora
Rosemount-Apple Valley-Eagan (Minnesota) School District

PICTURE WINDOW BOOKS
Minneapolis, Minnesota

A Mary le gusta pintar.

Mary pinta un círculo rojo.

Le pone una línea negra.

¿Qué pintó Mary?

Mary pintó un globo.

Mary pinta una mancha verde.

Le pone un tronco café.

# ¿Qué pintó Mary?

# Mary pintó un árbol.

Mary pinta un círculo amarillo.

Le pone unas líneas amarillas.

# ¿Qué pintó Mary?

16

Mary pintó un sol.

Le pone pasto verde.

Mary pintó un globo, un árbol, un sol y pasto.

Pero algo falta.

Mary mira su cuadro otra vez.

¿Qué falta?

# ¡Falta Mary!

# Más *Read-it! Readers*

Con ilustraciones vívidas y cuentos divertidos da gusto practicar la lectura. Busca más libros a tu nivel.

### FICCIÓN

| | |
|---|---|
| *Bess y Tess* | 1-4048-1689-5 |
| *Un cuarto para dos* | 1-4048-1694-1 |
| *Dan pone la mesa* | 1-4048-1682-8 |
| *De pesca* | 1-4048-1684-4 |
| *Juanita juega* | 1-4048-1652-6 |
| *El lugar de Luis* | 1-4048-1688-7 |
| *El mejor futbolista* | 1-4048-1690-9 |
| *Mudanza* | 1-4048-1686-0 |
| *El primer día* | 1-4048-1627-5 |
| *Pruébalo* | 1-4048-1692-5 |

| | |
|---|---|
| *Acampar* | 1-4048-1681-X |
| *La carta de Paula* | 1-4048-1687-9 |
| *Eric no juega* | 1-4048-1683-6 |
| *Fito y el pito* | 1-4048-1691-7 |
| *Meg sale a pasear* | 1-4048-1685-2 |
| *Vamos a compartir* | 1-4048-1693-3 |

| | |
|---|---|
| *Cansada de esperar* | 1-4048-1695-X |

¿Buscas un título o un nivel específico? La lista completa de *Read-it! Readers* está en nuestro Web site: *www.picturewindowbooks.com*